中海漾
鱼骨大荡

胡兴尚
—
著

长江出版传媒
长江文艺出版社

图书在版编目（CIP）数据

鱼骨中大海荡漾 / 胡兴尚著. -- 武汉 ：长江文艺
出版社，2024.3
  ISBN 978-7-5702-3398-4

  Ⅰ. ①鱼… Ⅱ. ①胡… Ⅲ. ①诗集－中国－当代
Ⅳ. ①I 227

中国国家版本馆 CIP 数据核字（2023）第 218633 号

鱼骨中大海荡漾
YU GU ZHONG DA HAI DANG YANG

责任编辑：谈 骁		责任校对：毛季慧	
封面设计：祁泽娟		责任印制：邱 莉　　王光兴	

长江出版传媒 ｜ 长江文艺出版社

出版：

地址：武汉市雄楚大街 268 号　　　邮编：430070

发行：长江文艺出版社

http://www.cjlap.com

印刷：湖北恒泰印务有限公司

开本：880 毫米×1230 毫米　　1/32　　印张：6

版次：2024 年 3 月第 1 版　　　　2024 年 3 月第 1 次印刷

行数：3540 行

定价：58.00 元

胡兴尚

编读为业，做过教师、基层政府职员、驻村队员，诗歌偶见《人民文学》《诗刊》《中国作家》《青年文学》《诗收获》等多种书刊并入选多种诗歌选本。

自 序

恍兮惚兮，写诗近二十载。

之前，若被问及"诗歌于你意味着什么"，我或许至少可以给出五个答案。多年后，再面对这样一个自己提出的问题，却也有了恍兮惚兮之感。诗歌于我意味着什么？它不过像晨练或小酌一样，一种习惯而已，当你慢慢习惯于每天小跑或小酌一口，那是非常不错的生活状态。写诗，不过也是生活状态之一种，没有它，生活就会缺少点什么。仅此而已。

我的持守，得益于我在汉语长河中对自我"身份角色"的孜孜以求。

开始，我以为自己是镀工。方块字，汉语，不过是带着某种特定情绪的模具。当最终跳出既成模块的答题卡或标准答案，我才接触真正意义上的诗歌。开始，我会把一些好的片段或整首诗歌摘抄下来，然后进行不自觉的拙劣模仿。这一过程，我无疑充当了镀工的角色，拍掉附着于汉语上的非原本的灰尘或残破部分，一遍遍反复给它们镀上心仪的色彩。镀锌、镀铬、镀镍……本质上都是给一种灰暗，镀上另一种稍微亮眼的灰暗。最理想的是镀金，但那种黄灿灿的梦幻，终究只是一种奢侈的梦幻。就算镀铜，大抵也是求之不得的。无论如何，我都满足于自己亲手移植或擦洗的明亮，一道光，不管如何微弱，终会照亮一些什么。

后来，我以为自己是锻铸工。毫无疑问，一些汉语是可以通过奋力锻打或重新铸造而重获魅力的。诗歌之所以被称为文学殿堂里璀璨的明珠，我想不是因为它可以负载语言之外的东西，而是源自语言本身的亮度。总有人在清溪上游，把烧得通红的方块字或汉语丢入水中，让其率性流淌。我只要守着某一个略微险峻的决口，捞出它们，锻打，重铸。淬火的过程，本身也是加入疼痛和欣喜，把生硬的凸起打平，把位移的部分扳正，把莫名的不安和坦荡狠狠击入。如果硬度和力度不够，可以反复烧、淬、锻打，直到召回汉字走失的魂魄。

现在，我想做回双眼老花的母亲。黄昏中，她从米粒或黄豆中择出沙粒的样子，安静、慈祥，像青山顶部的落日之光，笼着这个薄情亦多情的世界。此时，她甚至不需要借助老花镜，米粒和黄豆本身的成色，足够她轻易挑出混入的灰黄沙粒。我不识字的母亲，在遥远的乡下，她习惯性的精挑细选，不过是剔除生活多余的部分，还其简单、直接、平淡……

这是写诗近二十载，在我的第一本诗集即将出版面世之前，我首先想到的。

此序。

目　录

第三辑　荡漾

第一辑

鱼骨中

月满南窗

合金的防护栏
比银质的咖啡杯
更适于月光的骨相

我们谈论着接骨木
碎落的蜘蛛蜕壳
月光的粉末，接续着
哑然失色的笑谈

花木及窗，及暗黑茶垢
月色是生铁的波涛
把人面鱼推到桌前

"浪花已煮好
褪下的肉身未冷之前
大海不会关闭阔大的星空"

河　湾

流水裹着泥沙
黄铜色的愤怒

秋天越堆越深
以落叶，以静水

停驻在茅草腰部，我们
拥有对等的暗暗涌动

内心的风暴，呼应着
河湾底部的奔流

有时捞起木屑
有时捞起昏聩的白鱼

波涛漫过河堤那次
我们捞起邻村浮肿的小冬

月色下的河湾，水还给水
缺席的小冬，还给星星

葡萄庄园

在荒漠中心，出于需要
必须有一座葡萄庄园
四周围着石头，和星空
必须适于水土，葡萄
忠于季候和物性

等着小小的灯盏
由暗绿到深紫，点燃
布满高空的黄沙

石头围起来的汪洋中
一些浪花的水晶，嵌满
落日荒寒面部的暗处

午夜，天空坐成夹角
倾斜而下，大地上的星辰
夜空中的葡萄，交换着
风暴锁紧的摧残和甜蜜

空　谷

江水矮下去的时候
把天空拉到最低
悬崖顶部的石头和野花
便是散落人间的星辰

卵石呼应着坐满白云的鹰群
在鱼骨撑起的沙滩平旷处
流水写下退让和隐忍

黄叶和枯枝堆满落日的窝棚
击入石头内部的，是苦时日
或小闲情。喊一嗓子
波涛就打开光阴的墓门

茅草扭结着垂坠的黄昏
水窝收缩着，趋于抗命
童年玩伴，只剩一片残碎鞋帮

绿树村边

雷声撕开乌云

绿树缝合着空

鸦巢在树顶

按住孤鸣和闪电

顺着雨水、蚂蚁

就要到达云中的庙宇

山地里，新添的坟茔

分割着表里不一的黄昏

煨熟的酽茶

再等不来羽化的爷爷

对着树洞呵一声

松鼠就会散播长寿的秘密

一些藤本植物

攀住炊烟的悬崖

通往山外的路

因日色变幻，更陡峭一些

欢　喜

灯花反复开落
有的是飞蛾剪下来的
有的钟情于黑暗
抽身绝尘而去

我们守着夜，外婆说
谁添灯油时，灯花滋滋响
谁就会捡到清晨垂坠的星星

没多久，外婆就化为星子
寄居天边，为我们
守住熟透的落日

有时候，看见外婆
躲在墙头炸开的石榴中
咧嘴笑，满口露珠

多想狠狠撞上去，怀着
飞蛾扑向烈焰时的欢喜

石头城

沿着月光的阶梯
到达石头城

石头长入云中，云结满石头
或者，云和石头产下
宝石和月光，铺满天边小镇

云朵的牛羊，放牧于
青崖间，食清风，饮露水
运送棉花的波涛

蚂蚁居于水汽和云影旅馆
在石头城，夜虫拧亮身体
照着清白的晚祷声

我们徒手打磨的月光
嵌满天空深蓝的镜面

人世有太多伤悲
愧对月光为最

关于猫的几段叙述

"单元楼几乎一模一样
它辨不清自己的家
从十八楼飘窗外坠亡的
血浓黑，溅了一地
我用手指试了试，是凉的"
她的叙述带有等量的凉，不相信
一只体内住着黑夜之灵的猫
会死于迷途和含混
"一定是受了恶魔的指使
它必须去死，别无选择"
她吐出茶渣，生活的寡味
从失去相守半生的一只猫开始
"我们都是绝对的独身主义者
血性冷冽，自由之身
绝无讨好和屈尊之举"
十五离家出走，五十依然独身
"它的凶残甚至指向花木
曾因我短时的疏于关注
拍烂了一盆带刺的仙人掌"
怕我不信，她挥斩数次
重重拍击着玻璃茶几尖角

"对事难以保持热度

行为诡异，性情刁钻

学会看《动物世界》是多年以前

上星期刚学会开龙头饮自来水

我总会想，因修炼未足

它一定死于成精的半道上"

翻

一辈子，在十几亩山地里
反复翻，索要，取回
偶尔减产或歉收
符合物事轮转之道
出于本能般的劳苦
无非是，顺应季候
遵从节令。地不加广
土不加多，活命的秘诀
是翻，反复翻
留一些肥力和间隙
土豆就会长成食物的王国
无穷尽，生生不息
在空阔大地的尽处
喊一声母亲
矮下去的背影，擦亮了
玉米黄金的光芒

云起处

院角石缸中养着雨水
晴朗之夜，这是月光的家
蜘蛛顺着缸沿织网
把黄昏中故园的萧索
挡于暮气之外。白日晴暖
热气氤氲于水面，飞升
带着溢出来的湿气
一些云翳从院中腾起
缝补着，日光抽离的空洞

淡一些的浅云
从山头倾泻而下
避过蛛网的猎捕，水缸中
盗取潜在的风暴
天空披一身黑色大氅
向山野倾倒着围堵和覆没
急迫的雨水，洗白了
乡民们腾出来的留守

足 音

有人从天空路过
带来云、雨水和闪电
以及小小的震颤

应和钟楼顶的滴答声
他的足音，拨正失衡的秒针

飞鸟坠下来的时候
穿过他虚拟的脚印
一些锈迹和尘埃
落在拉直的十三点

一个人路过和一群人路过
绷紧和弹奏是等量的

琴谱也是隐形和潜在的
足音从凌乱过渡到谐和
草叶上的暗斑
泛出明亮的光芒

手中的云

云从手中升起
带着山中的寒气

峡谷顶手植的石头
长成悬崖的翅膀

母亲埋在云边的土豆
喂不饱荒年的枯月亮

覆手翻动云块
擦去天边苍白的落日

白云背走了忧伤的泪水
抓住的只有江水和落石

夺魂记

源自一场败兴的微事故
刮擦或惊吓
对峙或无端走火
与弹孔差之毫厘

不安却无尽放大
似乎要挑开皮肉
取走内里暗涌的黑色波涛

他们善于虚掩或造势
总让你败于一心敬拜的灵
无心豢养的小鬼

轻易夺走你魂魄的
无非是，自己磨亮的刀锋
亲手上膛的流弹
以及百般灭迹的谎言

草 木

山川的极点，悬崖的尽头
开拓着边缘的可能性

对于灰烬来说
木，是大一些的草

草，是小一些的木
是唤得醒的小命

草木本心，让寄生物
高一些，亮一些

举着鸟窝的时候
风和雷电，会慢下来

本质上，趋同于万类
指向暗、消隐、虚空

我们身体中都有一株草木
替命忍着，不安和疼

百丈冰

霞光让出，水从崖顶
飞身而下，亮出白骨
省下来的决绝心
多出来的冷冽和清寒

水展翅飞腾的样子
多么像挂壁上的老鹰
悬空的风暴，扭结的雷电

多么像，茅草交拜
蚂蚁的方阵
潜入冰层，结绳过江

沿着落日的方向
鱼群把冷下去的嫩白肉
搬至风口。穿过冷硬的峡谷
高原端坐在泪水的锋刃上

五金店门口

突然不知道该选什么

无非是铁制品、塑料制品

这些，我心中都不缺

锈蚀的在疯狂锈蚀

朽坏的在加速朽坏

即使，买尽所有合规格的配件

依然无法撑持

暗处的老化和坍塌

我们暂存的人间

有多少岌岌可危或功亏一篑

已不再需要这些迟到的替补

如果非得择其一而返

就选反着太阳之光的合金水龙头吧

它的铮亮和精密

足以挡住，命里的虚空和无妄

喊　铁

喊山崖，喊矿洞
喊隔层中的铁矿石
喊坍塌的矿坑中
活化石般徒留白骨的阿琛
忘不掉的少年玩伴

喊铁锈，喊铜锁
喊漆面斑驳的铸铁大门
喊驻留在鼠洞里
面如青灰的月光。喊不回
寄命脚手架的堂弟刘守

喊单元楼，喊窗洞
喊掩映在绿植中
恒常的清欢和假笑
把骨里的刺、命里的铁
高声，一一喊出来

土木之巅

峡谷随流水起落
悬崖就要长过老鹰
故乡在顶端，无非是
不断拔高的土石和乔木
它具体到，旷野里
母亲垒在土豆和玉米根部
松软的土堆。草丛中
白蚁筑到茅草腰部的城堡
或者是水土流失严重的台地
像白云喜欢怀旧的崖面
我们喜欢土木构筑的老屋
它接纳的月光和雨水
比彩虹洗亮的天空
更能照彻失怙人的心地
空阔的山头，万物起于土木
归于土木，万物坐拥
尘埃心，土木身

窗

樟树枝刚探出头
就被剪掉，初春
以此献祭。木质秋千架
搭在海天之间
小女孩乘坐白云
就要到达祖父的仙居
有时候，窗贴满风暴
波涛中坐满了
水母状的平静
最惨烈的淹没
起于此。方形的蓝
凝脂的午后，脚手架
锈于烈日锻打
摩天楼已停工三年多
梦中有女色之影
尚未香艳，便已烂尾

九乡溶洞观盲鱼

像几块崖壁上抠下来的残片
盲鱼混乱贴在水塘边缘
拼接成洞里的清凉和暗黑

风从洞口灌进来，慌乱时刻
止于盲鱼浅灰色封闭的眼窝
它们吸尽过气的昏黑，目光向内

以足够的静默和冷硬
对抗着，洞开的黑石之花
不睁眼，不开口，不吐露悲欣

做一条与光不两立的盲鱼
守在人间的暗里和内部
鳞和骨，石化，撑住落日的闪光灯

雕　饰

桃核上画山水

细颈瓶底写长联

米上刻字。雕刻师

木片、蛋壳、玻璃

甚至合金上，轻易完成

精微或宏大的构图

他令人称道的绝活

是在米粒上刻字

悲悯，博爱，仁义

礼，孝，诚，笃

这些来自信条的万能文字

他甚至能把这些文字占据的部分

镂空，并且扬言

可以雕尽天下，镂尽乾坤

每雕完一字，他都要把刻刀

往身后鱼缸中鲇鱼身上戳一下

这是他赚得满钵的独门秘籍

"文字缺少的血性，必须

从某种动物身上找回"

疗

从风宣判死亡开始
他生吃百草、吞虫子
从身上撕下皮屑
和着屠宰场下水道的污水
强行下咽。他出入坟场
一把把嚼烂板结成冻土的
冥纸之灰，死亡
在他身体中游走
到哪里，就在哪里埋下
烈性炸药。模仿针灸
他把自己扎成一叶
通风的拦网，似乎
那样就可以滤掉多余的死亡
我们去看他的时候
他在熬一锅腐烂的羽毛
不多的飞翔，将托着他
飞到崖侧云中，那里
有一些埋葬雪花的雨水
永远不会落到地上

写虚无

写山谷、荒野、辍耕的麦地

写母亲掘开地垄

怕磕破土豆的战战兢兢

写长满木耳的瓦檐

四处漏风的山墙

结满蝙蝠的墙缝

写院角蔓过来的杂草和苦蒿

写西墙头仙人掌擎着的落日

落日擦亮的悬崖和江面

写黄土下托体同山的爷爷

写他一世清贫的白骨下

蒙受福泽的白蚁群

写燕子腾空的山中小村

写它寄居都市

无所适从的子民

写下种种，写下回不去的远地

写下虚无的真实

写下遗失在繁华里

无法抹掉的惶惑、犹疑

喊土豆

垄上土豆，垄间葵花
它们同步盛开，山梁上
日色灼灼，星光璀璨

母亲在地头喊葵花
隔着星河，葵花喊土豆
隔着黄土层，隔着枯的虫洞

喊土豆的时候，葵花
牵着太阳的风筝线
喊圆土豆细长的块茎

母亲在午后高喊土豆
从潮汐般熟透的淀粉中
喊出黄金的粉末，阳光的颗粒

在遥远的都市，我们
寄居在土豆缩小的身体中
喊一声，忧伤的失落便暗下去

洗炭人

每天傍晚，他会准时到水边
搓洗木炭，焰火的黑骨头
并排躺着，洗了千百遍
微微泛着白光。反复搓洗
晾晒，把不多的无处可逃的白
从木炭中全部抠出来
让昏黑安然过渡到死寂
洗下的黑，让夜晚安静一些
黑夜中抽出木炭，疼痛中
抽出骨头，并无二致
洗的过程，无非是
让骨缝里的锈，亮明立场
洗炭人，发誓要洗尽
蒙在黑夜表面，浩大的虚无感
缄口不言，木炭
锁紧了时间和自由

馒头和面包

在遥远的都市我们享用着
馒头和面包，它们蓬松
慵懒之状，以双重标准
适应多数人的胃口

我们享用着馒头和面包
心里装满了大起来的虚荣
忘记麦子，在荒凉的乡下
它们近乎绝迹，仅存的一两株
伪装成杂草，撑着黄昏

父亲的小地块、小作坊
小的雨水和明月，养不活
更多的麦子，流落乡下的麻雀
空怀茅草之心，寄命墙缝

作为节日伴手礼，我们带回
着彩色头饰的馒头和面包
它们脱离纯粹的血亲和种群
只有满嘴添加剂的异化之香
填补着，失去本心的大地

牧云记

山上结着绵羊
雪花和云朵
白色世界里
绵羊送给秋风
雪花送给枯叶蝶
云朵，送给地下的爷爷

穿过墓门缝的露水
他会让游牧的云朵
铺满山冈，留住晴日

烧给他的仓库中
有大河的源头
听从流水的指引
可以轻易找回
到人间背水的云絮

一天天肥硕下去的云朵
替他把骨头搬到高处
翻晒着，越过山头的雨水

佛塔顶

酒后不宜登高
冷风会把落日吹坠心底
连同凭栏处萧萧而下的晚霜

芦花低伏下去
一点点抠出命里的虚白和空
压垮了高到秋水枕边的汪洋

山峰矮下去的地方
白云抱着落叶在撞崖暖身
石头和流水交换着彼此的冷硬

脚下是鸽子求欢之地
夕光熟透之后，它们
就会送回天地荒老的消息

水　底

除了鱼虾，他还在水底
养一只斑斓的老虎
驯化它，适于围困和淹没

伴随着流水的无声打磨
老虎的虎性，一点点
消解于流淌或深洑

养虎人，有时会抽出虎骨
在光滑的卵石上击打
直到翻滚和撕咬部分
嵌进透明的石头花纹

泥沙偶尔浑浊不堪
让烙在石头上的老虎，形而上
化身为养虎人，他们有着
相互抵制和抗命的血缘

养虎人寄身老虎，在水底
他们和顽石一样，咬牙
承受塑形和磨砺

纸　上

路过某艺术培训班
看孩子们画荷花、蝴蝶
彩虹、草叶、柳丝
池塘中不应只有美好
老师话音刚落，孩子们
不约而同画了只青蛙
它拥有不成比例的大眼睛
随时偷看我们心中的小秘密

抽出心底发黄的草纸
画上棍棒、刀枪、陷阱
篱笆墙、群山暗影
血色落日、草长莺飞的田园
回望黄沙漫道，一雨苍茫
纸浅墨深，归处泥泞

左边画城堡，右边画火炮
正面写欢颜，背面写忧伤
纸上完成指向自己的对抗
我们都是自己的吸血鬼
刀枪锋锐，文字命短

蒿　草

随雨水而长，不择地
攒生，抱团，轻易突破茅草
每一株蒿草，对应着
我黯淡无光的乡民们
一生，无非是历经风雷雨电
默然归于幻灭
在乡下，我们用蒿草沤肥
清洗伤口，消解炎症
它们与我血脉相连
清苦，浓烈，从不计较
是否得其时，占地利
做一株会思想的蒿草
是蒿草们，求而不得
即生即灭的宏愿
你不见，它们刚探出的头
就交付镰刀闪光的锋刃

低 垂

柳丝低垂
缝补着江面破碎的浪头
悬崖和水底的鱼骨
软了一些

闪电低垂
擦洗着寺院的红瓦顶
香烛和单调的念诵声
旺了一些

炊烟低垂
院角空出来的上座
稀稀落落的月光和酒意
凉了一些

黄昏低垂
堆垒着夕光烧热的红土
半山新添的无碑坟茔
荒了一些

深 冬

雪深过膝，要捂紧
石头的骨病
索要铁心肠时
撕裂才会温软一些

松枝断于堆压
封冻里，竹节炸开
雪花紧锁住的
是兔子盲视的悲伤

只要一点点渴意
就会把水从冰层钓出

天空枯裂的部分
是我们抵达自己
最后的出口

一段斜坡

坡头日出，坡脚日落
百余米的斜坡是蔷薇的一生

坡头闪电和雨水如期而至
坡脚独居的奶奶遽然衰老

黄泥坡变成了水泥路
满头青丝换成了残雪

大地在产出和馈赠
天空在索要和收取

隔着斜坡，爷爷在云中
回望着一点点变小的奶奶

女儿在坡头叫着曾祖母一天天长大
奶奶在疲弱的应和声中躬身如蝼蚁

扎朵热带雨林遇阵雨

每一株叫不出名的高大树木
都适合栖居，枝干坚实
叶阔大，绿荫滂沱
足以挡住山外的风雨

每一声虫鸣都足够空洞
把乱如麻团之心
抽出，重整，理顺，洗白

阵雨刺穿密实的燠热
除了清凉，它还让人间
灰暗和软了一些

一些失怙的枝条垂下来
遇到泥土，就迅速壮大家族
阵雨中，它们新开辟的山河
结满了去国怀乡的癔症

她

她虚无，空幻
坐拥北郊山水
握着日光之绳

她具体，充溢
让车流扭结的闪电
毁了暴雨中的归途

隔着一条大街
尘埃落在红酒杯底
一场雪崩盗走了睡意

起于枯坐的悲欣里
有她亮出的刀锋
割取了早日的肝胆

她手中有云雾的垂丝
通往人间各地，唯独
到不了曾短住的城中村

十万亩葵花

这是波涛顶部翻滚着银子的高原
靠近太阳的地方，十万亩葵花
截流成功，把往日过气的黄昏
导入纤维和骨血的河流
面色苍黄，十万亩溃堤的泥沙
浊浪，冲洗着孕育之心
蜜蜂和蚂蚁，互为表里
叩问着锁在巢穴中的黄金
一些隐匿的丝线，执于太阳手中
它一拉伸，十万亩飞扬的葵花
就激荡起生殖的毁灭焰火
蝴蝶踏着浪花，周身蜜汁
穿过阔大叶丛，兜售着失传的房中术
风过处，金龟子搬出集藏的落日
高原上耸起的，熟透的十万大山
怀抱葵花，献祭山鬼和天神

千山雪

从山腰开始，北风
整夜在种植雪花
大的覆盖，小的堆叠
不大不小，晨曲中的
早安，由松针唤醒

一张白色飞毯
由老鹰驾乘，飞向
天尽头，最是空阔处

日光是翻涌的锡花
让打滑的正午，轻易
飞跃到峡谷背面

崖缝中喊出冬眠的秋意
它的退守和弃绝
留给雪花，留给
天涯望断的山川草木

生有涯

雨点敲击着荒野
木屋中的土豆芽
借缝而出，一半白嫩
一半青葱。以自己为水土
它们总是试图把自己
搬到高处，除了土豆
人们不愿再播种别的
它们随遇而安
一剖两半，能迅速壮大
各自家族，并且
适合所有烹饪方式
即便把它们挂在西墙
日晒风吹，它们
也能打下自己的江山
悄悄长到落日内部
从身体每一个芽眼中
四处绽开，直到
把自己彻底耗尽
皮包残骸。生之悲壮
远大于死之静美

地铁站

过安检口，就把尘埃和烟火
留在外面了，可以带部分杂念
到地下，不见天光
不加之罪。过安检口
把风骨钙化的部分还给人间
地下五十分钟的穿行
可以坍败一些，松弛一些
沿着钢的轨，沿着铁的指示
沿着合金的折痕，到达
下一个通风的、结着白光的骨缝
两枝反向的黑树枝上
人影比火光，要暗淡一些
露水吐出的花朵，低头
挤满了升降梯的夹缝

静 默

随手摘来的野花
枯死于矿泉水瓶中
窗台上，不时翻涌着
森林和草原的波涛

蜜蜂贴于窗玻璃外围
除了蜜，它们还带来
向内吸干自己的拙劣表演

我钟情的向日葵是假的
金黄色的伤口中
有颜料涂染过来
把风暴卷入弹孔

废弃的辣椒籽遇土而生
它们米白色的花蕊，遮蔽了
灼烧、撕裂和毁灭

晚饭时酌了一些黄酒
引来雪花，敲打着干枯的荷叶
有时悠远，有时
怅然空落，醉不成欢

闻体检得结石有感

从此刻起，要试着
习惯和享受慢慢石化的过程
血肉之躯，一点点硬下去
暗下去。终于得偿所愿
失去人世所有的柔情和忧戚
练就一副风雨不动的铁石心肠
原谅遭逢的冷遇和不公
原谅石头比天空浩大
流水比月光不朽
原谅身后寒凉的刀锋
井壁下坠的石块
肉身到石块，到尘埃
到空空的阔大，渺渺的苍白
无非是出去到回来的过程
无非是执意索求到交出的过程
无非是，从这里来
到那里去。无非是
一株野草，途径茂盛
止于刀子，到脾胃
到废弃物，到另一株野草
暗示它，风霜雨雪
攻略杀伐，不过归于全无

源

土豆和山药抽芽了
把它们搬到阳台上
用不了多久，它们
就会占有半座春天
久旱不死的绿植
惯于透过残破的蛛网
得到阳光和湿空气
过气的玩具和廉价装饰品
褪色，塑化，形变
成进犯人间的外来物
白蚂蚁躲在腐烂的南瓜中
坐拥天然城堡
以风声为假想敌
专事构筑和攻伐
月光有时会多驻留片刻
和弃置的刀具索要着
囚在血红铁锈中的自由
无意打理的阳台，午夜
如果导入窗外二环上的车流声
这里便是城市东郊
失而复得的烟火地

微　光

一夜暴雨，黎明前
院中积水过膝
以淹没，打开遍生野花
放出囚于蕊的暮色

水光微暗，荡漾着
耸起处，是甲虫的坟茔
铁铸的天空垂下来
把暴毙的惊雷击入大地

四楼阳台上，瓶装香料
陈皮、草果、八角、砂仁
把缩于日子中的疾苦
一点点交还雨水之光

一楼是租户，锅碗瓢盆撞击之声
呼应着天边暗下去的闪电
被雨水点亮的睡意
低于残梦和三更呓语

星 辰

我们幼时躺着做梦的地方
黄昏后就被星辰点亮
披着夜色，野花绽放
蚊蚋出窝，月光流淌到山下
老宅中，曾祖老如爆壳的蚕豆

星辰会填满内心的虚空
遥望星辰，各取所需
历尽春华秋实，登山及顶
双手握不住落寞和忧伤

只有山脚一字排开的草垛
山腰添到崖边的新坟
空出来的烟囱和院落
是人世寥落的星辰，点缀着
一天天灰暗阴冷下去的故乡

刀尖蜜糖

连同蜂蜡一起
他从石片上割下蜂蜜
整条小街便成为
黄昏和蜜汁流淌的地方
"石片是从崖缝中剥离下来的
足以保证蜂蜜的纯野生性
来一口，穷其一生的苦楚
就会被轻易逼到体外"
他举着刀尖，日光晶莹
要我舔一舔，似乎
每一种甜蜜的背后
都有潜在的逼迫
和不容商量的屈从

河谷之夜

暮色之绳打了个死结
我们便置身封口的布袋
作为见面礼
风从上游截取的一小段流水
扑闪着鱼骨和星光

泥沙顺流而下
掺杂着命里的黄金
擦燃起蚀骨的燠热

流水向下，惯于接受
无止境的劫掠
顺便掏走我们身体河床中
枯败的茅草、淤泥

美好的想象止于拦河大坝
流水在下游等着我们
以静止的美学和隐藏的淹没
除了电流和鱼虾
它心中有潜在的溃决

金汁河边

阳光浓烈，天空高远

树影和流水彼此相安无事

不心心相印，不撕破脸皮

河面上铺满破碎的银子

每一个浪花心中

都包藏着不安的波涛

河水流到中游

就见证了一个城市的天翻地覆

以足够的平静

接纳空中的云雨

低处的退却和坍塌

逝者如斯呀

我们守不住的年岁

大抵如此，河水暗涌

我宁愿就此抱残守缺

沉默如水底顽石

一撮白发

我刚决定退守

它们轻易就占领了顶部

逼迫我缴械就范

每次理发,他们都一再劝说

上色,涂染,掩盖

仿佛,一撮白发

就是我身体的叛徒

道出了委顿朽坏的秘密

迎着秋风,它们昭示着

一块本来就贫瘠的土地

反复轮耕,地力尽失

给再多的肥,只不过

徒增消亡之势

我更愿意暴露它们

像山顶的枯草,苦撑着

倾斜的落日和乌云

山顶小村

它占据小小的坐标
几乎可以计为虚无
小的山冈，小的夕阳
小的露珠撑起庞大的早安
小的野花，小的毛毛虫
小的石头锁住悬崖和天空

剑叶草站在小小的泥丸上
守护着爆开的豌豆花
蝴蝶的小小宫殿
落日小如灯花，紧拥着
滑向深渊时的小小惊悸

万物静默，彼此相安
持守着小世界，小光阴
小命。一生大抵如此
不外乎，亲历小小的逃离
小小的疼痛，小小的悲凉
小小的不安和窃喜

未打开的伞

出于遗忘或疏忽
一把伞未打开，静置
到风化，朽坏。纤维
木质和生铁分离
一把伞，从未打开
潜在的遮蔽和隔离
从未付诸实施。甚至
不宜称之为伞，日光和雨水
共同的假想敌，免于照或淋
免于开合，折叠或平抻
给一块圆形的塑片或布匹
上桐油，过漆，接骨
叠合，收纳。胡乱堆放于
雨季的风蚀处
承着湿、水汽、霉斑
我穷尽风骨刻写的
是一把从未打开的伞
因为从未打开，它轻易
从语词中取走了掩饰和阻隔

苦杏之仁

坚果区的准贵族
性苦，微温，有小毒
含蛋白质，脂肪，糖分
微量苦杏仁苷，被提取
或盗用，一种以苦为傲的核
放弃苦，心有不甘
我们在获取的时候
让自然物被迫放弃本心
苦杏之仁，拱手交出苦
以身饲口胃，取义成仁
在超市坚果区
或散装，或封塑
酥脆部分，抵掉了
人世所有的苦

蓝色丝线

试图找到线头
把天空的布匹拆散
让星星缀满铁塔
或窗边的绿化树

偏爱蓝色丝线
它缠绕成浪花的样子
比正午要安静得多

纵横于身体表面
蓝色丝线，压住暴凸的
血管的经纬

飘散的魂魄
不会远离树状的神经
就像晶莹的泪水
不会远离眉梢的蓝色丝线

彩云南路南端

某年，大象就要到达
彩云南路南端
我们备好足够的云彩
浓烈，香艳，柔如飞絮
幻想着，让它们饱食
飞起来，到达高原顶部

和滇池水王约定好
水不四溢，不起风暴
让大象安然北上
大如水汽团和云中响雷
给西南高原献上
实在的空和大

在我们的空想中，大象们
折身南返，它们要回丛林
应神的呼唤。甚至
彩云南路最南端，我们心中
最大的云南大学，在大象眼中
渺若空中尘埃，不值一顾

校场中路的蓝花楹

蓝色倾斜下来
尘埃和花瓣接通了天空
置身波涛内部
拥有风暴裹紧的安然

蓝滋养着灰黑枝干
盖住猩红的金字招牌
蓝洗白了白云的暗垢
拔除了嗜血之心

沿着校场中路北上
昔日的习武练兵之声
消解于日渐膨大的蓝
隐匿于紫蕊的温婉中

一寸慵倦一寸蓝
高原顶部的小时光
因山水遥迢的旷远
蓝得散漫而热烈

第二辑

大　海

途 中

去雾中，途经山脚小村

老树结满空巢

流水矮下去的地方

石头托起腐烂的炊烟

枝头经霜的柿子，照亮了

阁楼上未过油漆的棺木

黄泥土坡上，蚁群扭结着

蹚过身体的桥面

以茅草为假想敌

撒米成兵。过乱坟冈

月光的遗容，紧贴

无主的纸幡，未燃尽的沉香

接不通，黄土层断开的阴阳

牧羊人徒手打磨的石雕群

代替他坠崖的妻子，山腰台地

拥着落日起舞。转过崖口

浓雾从清寒石面上腾起

老鹰埋骨之地，阔如星空

多出来

在乡下，白云足够清亮
月光是多出来的
微风吹奏着墙洞
蛛网的高音区弹响露珠
虫鸣的合奏曲是多出来的
门神守着恒久的安宁
铁锁是多出来的
母亲的腰椎松竹般硬朗
骨病是多出来的

每次我们离开时
顺手拿走，多出来的部分
一些来自神的赐赠
一些来自亲人就要忍不住的疼

风吹面

风吹崖面，有青石凸起
足以撑起浩大落日
人间晚景，止于茅草苔痕
故乡被抬高的部分
紧抵老鹰植于云隙的骨针

梦里，母亲溯回崖中
掘开青石，种植玉米
把村庄安放于黄金颗粒
风从石缝中吹出来
给她贴上古铜面容

石头的幼崽，沿微甜米玉秆
长到月亮的脚手架上
撕开玉米，就是撕开
迅速衰老的母亲，风吹面
就是吹着她软下去的心肠

灯　笼

周末，小儿从乡下来
翻过山岭，不满周岁的牙牙之语
一枚就要起飞的蒲公英种子
带着降落伞，张开的小脚丫

喜欢行道树或商业区的红灯笼
每次抬起头，都会碰落一些
浅红的云或露水。每次攥紧双手
都会抓住流质的音乐和欢庆

舟车劳顿，晕眩中的妻子
一吞一吐，教小儿尝试说出"灯笼"
"每一袭灯火的花衣裳
都绷紧了淹没的强力道"

在城市公寓十楼，我们围着小儿
拥着他粉嫩嫩的肉身
一个肉色的灯笼，围着火
接通午夜到黎明的深涧

午后再入深林

新枝换落木，林深
山更幽，直到再无路可走
借刀斧劈开密实枝叶
藏在灌木丛中的飞鸟
替我们守着
山林的生生不息。伐薪
并非只为引燃，本质上
是让草木良性赓续
这是深居山里的母亲
排斥电炊具的理由
时移势迁，再没人愿意
冒险攀折高大乔木上的枯枝
人退神进的山林中
会有更多断落的云絮
停下来，与阔大的秋天
相守到霜迹初现

逐　月

把月亮从院中积水里
搬到墙角水缸中，耗费了
午夜的七分光亮。水深不见底
平静的汪洋，囚住月亮
院子是不被赞美的地方
连同墙角的石缸，石缸中
经年的雨水。绿苔剥落下来
锁住水面，和水底的月亮
我们盼着挥洒碎银的月亮
从石缸中升起来，打滑
途经瓦檐的时候。那一年
月亮停在山墙边新过漆的棺木上
一整个秋天，它弹开
夜晚的湿重，替我们托举着
越来越轻的爷爷，直到
他们一同升至白云的浓密处

旧物收纳盒

盒子本身也是旧物
弃置已久，连同它等分的
巨大的容留空洞
太多存在是暂时的
短促，变幻，犹疑或否定
分门别类的收纳物
对应尘埃或清风
移除的部分，并不能刚好抵消
月色的清寒。有一个位置
必须留给星辰的出走
旧物收纳，首先要明确
弃和置之间的分界
比如，再不会返回的虚逝
再不会回来的人
你收纳的，他们的气息
也是旧的，旧到
不愿随手丢到风中

光

除了雨水和空气，树木
还要吞下光。藏在木头中的光
木头腐烂之后，才会照耀
流水腐烂的夜晚

更多的光潜在石头内部
等待打铁声，或闪电
阴雨之夜，只有悬崖
闪着红润的面色

幼年开荒，掘出森森白骨
有肥硕的蚁群寄居
地下的主人，长着
灰白而绝望的人形面孔

白内障手术失败，高龄的奶奶
失去所剩无多的幻影
每次回家，呼唤从坡顶滚落
被擦亮。她已老迈不堪

风雪夜，酒约未赴

让电话多振响一会儿
让世界在强电磁中混沌下去
让午夜延迟崩塌
隔着加厚的消音玻璃
让风雪呼应着内心的风暴

都是随便割一块黑夜
就可以饮醉的人
都是四处垒石
只压垮自己的独行客
都渴望借一场风雪
擦亮浮世的烟火

开始的相谈甚欢。烟云阻隔
我竟然清晰辨闻
翻涌的酒意中
你们渐次黯淡下去的悲声

虫　洞

沿虫洞走向，抵达
白云顶部的村庄
峡谷是时光的虫洞
被江水咬蚀，向内紧缩
路过自留地的时候
看到母亲在挖掘熟透的土豆
微微的隆起，凹陷的纹理
迎合她，保持土豆的完整性
我们多久没见到虫洞了
我们在土豆的剖面上留下的
童年，已长满了虫洞
除了蚯蚓、地老虎
我们还切断过黄蚂蚁
翻开它们的窝
烈日下，一堆白茫茫的米粒
正是它们，在土豆的虫洞里
掐灭大地的深邃幽暗
而母亲，有时为避开锋刃下的土豆
故意让锄头砸向裸露的脚趾
人为的虫洞，对应土豆腹中的空
它们便只拥有，减掉一半的疼痛

小 镇

因为地处高原
分给小镇的阳光更多一些
泉水更清澈一些
雪花更明亮一些

梧桐遮断半边天空
只占有小小的地面
坍圮大半的老电影院
售票处，小小的门洞里
售票员青春的纤指
依旧撑着小镇全部的时尚

一直在小镇上班的妻子
每天起个大早，披着晨曦
抹掉孩子们发丝里的霜花
为孩子们手背上的小小裂纹
心疼半秒。然后
指挥着小小的汉字
穿行于小时光里的小志向

等大象

我们在省城等大象，一度
它们到达玉溪市易门县
昆明市晋宁区，然后掉头南下
重返家园。在遥远的西双版纳
大象拥有热带雨林
一株长成丛林的小叶榕，接通了
神经的高速路，族群的密码
最终，我们等来的
是大象凌空的脚窝
就要覆掉滇池的扑面感
以及烟雨蒙蒙的怪天气

南下的大象出没于玉米地
香蕉林，吃取走粮食魂魄的酒糟
醉倒于一粒火龙果腹中的星辰
我们多次看到的大象
在这个城市动物园的围栏里
和无人机与新闻镜头的大象相比
它们缩紧的肉身，关闭的骨架
支撑着，反复的不安和惶惑

明 净

母亲纳好的鞋底上
缀满了星辰，那时
月光为大家共有
山墙外的草垛里
有落日藏好的金蛋
我们集体跃起
挤出垛底的狗子和山秀
春节一过，他俩
迫不及待登上东去的列车
留下我们，填满
院子西侧的豁口
一场雨水过后
母亲锁在箱底的缝衣针
长满暗红锈迹
纳好的鞋底上
有黯淡的红色洇开
像教室角落里
空出山秀的松木椅子
椅面上娇羞的红

河　流

高原上的河流，细碎
迂回，有时扭结在一起
抽出冰块和金粒
顺着泥沙和落木的方向
把卵石的铁面和冷心
送往下游。穿过峡谷的河流
比穿过坝子的河流
内心的不安，要多一些
平静的淹没，要少一些
重创一条河流的妄想
要弱一些。借落日的弹弧
荡到对岸，指缝中的鱼
只剩白骨，和长满铁锈的鳃
沿河岸逆流而上，我们
欠一条鱼缓慢生长的时光
欠一条河漫溢开来的力道
河流大过天空，高于悬崖
空出生生之痛的地方，是故乡

夕阳中

夕阳中奶奶站在坡顶

送别我们也送别越过乱石堆的落日

尘埃中黄金的颗粒扬起来

涂满她的手杖也涂满暗下去的乡村

留守如满头银丝啊落日及腰

茅草守着的村庄墙面挤满星辰

桃花灿若烟霞,流水止于荒木

剑叶草把蝉蜕弹入空中

烟尘退出苍幕,山川隐入幽谷

万里霜

群山连绵。落叶铺展到云中
霜锁着叶脉里的飘荡
白色早晨，黑树枝
对抗着蚀骨之风和云雾

母亲是一片铺天盖地的雪花
翻卷着，把结满霜迹的落叶
收纳到晚年的萧瑟里

翻过一座座山头。我们
看着母亲从腐烂的落叶中
索要开满霜花的土豆
剖开，取出饥肠辘辘的部分

沿着霜迹，遁回悬崖中
来自石头内部的饥饿
全部还给石头，还给徒劳的挖掘

节

在故乡，我们拥有最多的
是竹子。它横向的开辟
纵向的节节攀升
几乎规制了，一个村庄
数百年的基业和人伦

一节节人情世故
一节节生死病痛
乡邻们恪守着
竹子的方寸和规矩

我们偏爱节生之物
竹节草，竹节虫，竹节虾
一节节掠过屋顶的
日色和乡村晚景，以及
奶奶一节节弱下去的心气

老人们到达天空的顶部
种下一节节飘散的骨灰
月光宁静，一些簇生之竹
顺着我们的骨头，长满虚怀

丛林中

飞鸟来去，居于高大乔木
建起庞大空中帝国
飞鸟来过的地方，留下
短暂的飞翔，只有乔木
催生新的朽坏和消亡

灌木丛中流萤出入，小世界
寄身枯败枝叶，矮一些的江山
蜘蛛的高压线，青蛙的陷阱
必须避开过气的雨水和闪电

爬虫在草丛和泥巴中
它们拥有野花的园子
植根大地的人间烟火气

白骨属于黑暗，照亮了
蝼蚁的金灯盏和红酒杯

接　通

手术成功。在手术室门口
我们咽下隔夜的干硬面包
六小时的焦灼不安中
血性的火花归于安寂
致敬麻醉剂和手术刀
致敬高明术和仁者心
致敬注射、打开、翻找、切割
置换、接续、缝合。致敬精密器械
致敬合乎生命肌理的推演
接通父亲淤塞心脉的部分
来自他双臂深处
三根被取走的静脉管
多像他山穷水尽柳暗花明的人生
像一些苦，苦到无以复加
正欲放弃时的一丝回甘

筑篱记

花木挖自深山，大多数
拥有不为我们熟知的芳名
不外乎观赏和药用
父亲深谙它们的习性
阳光，土质，湿度……
分别对应一种生活态度
或物性选择。它们拥有
固定的花期、枯荣的时序
移步园中久了，便获得
因呵护而养成的娇气
退休后，父亲把满园花木
当成他再也见不到的孩子们
总放心不下，总担心着
阴雨湿重，风暴过激
对应篾片围起的竹篱
他在心里也筑起一道篱笆
似乎，只要把自己关起来
浇灌，松土，疏枝……
就能唤醒花木经冬的沉睡

问候土豆

我们到家的时候

母亲在院角分拣土豆

大的留作口粮，小的留给年猪

中等的，是肉身的种子

是根，来年壮大家族

一些土豆带着切口

锄头的锋刃，纹路清晰

要挑拣出它们

给斜切过来的阳光

山墙围起来的小世界

土豆和母亲，互为寄命之所

都有朴素的皮相

都包藏着一样的朴素之心

都不择泥巴水土

都可以彼此宽慰和滋养

在遥远的乡下

这是恒定的信赖和依存

找房记

趋向于城郊，近山
星星浩大，虫鸣低缓
拥有恰到好处的灯火
随意的交通，一点点喧闹

初次见我，要穿过
荆棘丛、黄泥丸、落叶笺
拥有晚霞点亮的你
你满心的惴惴不安

略去信号灯、地下铁
让心远一些、荒一些、野一些
适于对等的迫近和疏离

草丛中，落日戏脱兔
我们抖落脚边的旧时日
带着本源的冷冽和忧伤

打　开

术前告知书上的签字

无非是表意模糊的推诿

目送父亲，穿过幽深的内廊

手术台在纵深处，可以想象

它由一些药水瓶和精密器械围着

强光灯下一只蚊蚋的样子

他将被打开，被切割

被翻找，被曝于高精度探头下

麻醉药换走了他的疼

屏蔽了他的知觉和意识

我们拥有完全打开的父亲

他稀烂和坍塌的昏迷

他面向世界的清白和纯粹

移植必要的部分，自己替换自己

刀锋一次次出入他洞开的身体

一些冰凉和战栗

将被延续下来，给病变

给手术室外，背向刀光的亲友

母亲一直住在乡下

母亲住在山中，那里
春风更早，桃花更盛
雨水不易腐烂
她拥有更大的落日
更软的月光、更白的云
更漫长的午夜
适合空着，或做梦
茅草出让给她的玉米
土豆、番茄、七叶瓜
也更大一些，大过她
小下去的安静
她谨守山中的季候
种什么就收获什么
奉行着：积德无须人见
行善自有天知。很多次
想象她雾一般从山上下来
背回洗亮天空的雨水
峡谷深处的江水
因她悄无声息的劳苦
更加寂静和空明

明　亮

六点半，闹钟
唤醒了黄铜的黎明

楼顶的水塔，向天空
泼洒着荡漾的青铜

梦里春秋苦短
足以重返青铜时代

一碗意式软面中
闪着太阳暗色的蛋黄

竹砧板上，剖开的番茄
一半思辨，一半叙事

四十迈的电瓶车
剥开了小城流质的慢性子

孩子穿过烫金大门的时候
班主任打开了汉字骨粉中的冷硬

送父亲去手术室

早习惯了。多出来的担忧

在术前告知书上弥散

颤抖着签下的字

把来苏水的味道拉长了一些

当住院成了家常便饭

就只剩平静和淡然

无非是，打开身体看看

哪些小鬼尚可降服

无非是，取走一些什么

再装入一些什么

无非是，敲一敲朽坏部分

该修则修，需换则换

无非是，伤口加病痛

忧愤覆旧疾。相比于合金

更愿意植入悲苦和无望

一生摆脱不掉的困厄

哦父亲，当你带着身体中的异物

微笑着走出手术室，仿佛

这失而复得的人世

又微微降低了一些

隔夜茶

沉在底部的
是山水明净的部分
但已不适于品饮
它会加重心底的浊气
人世的不透明

小一些的江河湖海
慢一些的风雨雷电
喊不醒的波涛里
有绝望的草色和深蓝

让叶子再开阔些
接通雨水和雾岚
接通小世界、慢时光
沿叶绿素的夜高速
返回自己

隔夜茶中
有哑默的惊雷
平静下去的风暴

酷 夏

十年前，某中学讲台上
俯身下视，尾排三五男生
渐入佳梦，陈小胖
睡得最香，口涎四溢
满面微风，穿越至未来
新新人类。梦呓声中
我们集体潜回永和九年
一派高雅之象，生造出
曲水、诗意、小悲伤
应景般，窗外飘来蝉声
替离散之人唱着
天下宴席，人间欢聚
过完严酷夏日，陈小胖
还是败给了青春。多年后
在他误留的日记本中
他惯于假寐的根由昭然若揭
"窗子下端的裂隙，正对着
学校围墙外民居的浴室
午后，美白少妇打开的身体中
浴液和体香旋起的风暴
托着我，出离无所依恋的人间……"

移　植

前半生，他一直在移植
把饥饿移植进肠胃
把贫穷移植进瘦骨
把悲苦移植进血脉
把赤诚移植进精魂
寄命草木土石，羞于索要
持守勤俭恭让，不甘于偷生
年近古稀，他必须再次移植
三根朽坏的心血管
守在病房中，我清晰听见
金属割开他的胸腔
切掉他的脉管，移植物
来自他自身，双臂深处
如果可以，我希望
把他的病痛移植给我
把他老年的迟钝移植给我
把他滞重的暮年、虚幻的不安
一并移植过来，作为儿子
我愿意承受一天天暗下去的时光
时光里的沉默和孤独

最后时刻

爷爷在空场里劈木头
斧头起落，木头应声裂开
遵从使不完的膂力和纹路
木头已干透，统一的粗细尺寸
对应着，他规整无可挑剔的一生
耄耋之年，只需要一些劈开的木头
度过冬天，从劈开的木头中
取出源源不断的焰火
他必须提前进入深山
伐木，剔除枝杈，用肉眼
等分一根根笔直的木头
暴晒，经雨水、霜冻
木头才会交出恰如其分的暖
我的爷爷，叩问木头的时候
一些白蚁避开了他炽热的刀锋
这是他最后一次和木头握手言和
劈完木头，那些保住性命的白蚁
带着他，回到了幽深的大地

夜昆明

大地厚一些
天空低一些
慢一些，浅一些
淡一些，我是说灯火
小日子，人心，命

夜低垂，四围的山
合起来，成铁幕
滇池，高原的肺
养活边地的小市井

最后的烟火气
午夜的一块烧豆腐
一个烤饵块
一碗小锅米线
一阵花雨，一声鸥唱

途经夜幕下的圆通山
猛兽们迁往远郊之后
盘龙江畔的酒杯和刀剑声
暗了一些，软了一些

云中的花冢

拓荒者从都市归来
在崖上，持续古老活计
悬崖中拓荒和人潮中拓荒
两种向度，同一旨归
拓荒者栽种百花，瞬间
开满了悬崖、石头的颜面
比亘古的流水苍茫一些

纯白，粉嫩，浅蓝，深紫
大红……崖脚到崖顶
一路芳香，拓荒者借来的云
胡乱堆放山涧，与花的潮汐
交换着，朝天素面

一些花堆在云中
一些云沾惹花袖
风一吹，铺天盖地的花冢
翻涌起白色的掩埋
抹掉悬崖的幽昧，石头的冷心

冬　日

茅草枯死过半，来年
它们将重得嫩绿之身
山墙又矮了一些
月光趸进来的豁口
是麻雀昔日的婚房

爷爷空出来的床铺
霜迹一直持续到午后
一截小小的人形空气
由温凉慢慢过渡到冷冽

石阶上的苔痕，拥有
隔着雨水的潜在庞大家族
只有地下的骨头
再怎么晒，都沾满
月光的荒凉粉末

奶奶蜷缩在墙角
沿着躺椅朽坏的虫洞
黄土断开了她的前世今生

落在火炉旁的雪花

我们在院角熬煮羊肉
爷爷的灵柩停在正屋
吹鼓手轮番铺排着雪意
天空垂下来，连同西去的黑风

蚂蚁爬到枯柴的顶部
纷纷跌落火中，预演着
化成灰烬的全过程
幸好有夹杂着腥膻的白汽
指引它们到天空的入口

被击碎的羊骨和髓汁散落一地
有的生死自然如草木，而有的
止于仪式，或强加的不明不白

香炉里烧着冥币和纸钱
火炉边焚燃着雪花
天神的使者，化身隐形精灵
托着爷爷，看看他徒手打造的小小世界
越升越高，去往云雾里的仙山

烧 荒

父亲伐倒枯木、荆棘

麻雀窝，树丫中虚晃的落日

它们变成地力的过程

一场高温，三分火候

我们腹背相贴的幼年

这是向大地索取的唯一方式

除了一身的蛮力，近乎零成本

拥有人为仿制的荒凉

毁了它，便可拱手占有

无尽的粮食和为生之道

万物顺应天命，抱持古法

人亦如荒草，借自灭

换得反复轮回的生

那时，我们拥有黄金的麦粒

拥有对抗地老天荒的土法

无非是，扼住内心的秋风

低于大地的偷生和苟活

送学途中

喜欢的煎鸡蛋，镶着灰云之边
照耀着阴湿的早晨
往小城的西南方向去
迎面昏黑的听写课和分解题
绿化带中的向日葵，为什么
它们要冷面向日
玉米是否想把面孔拉到路中间
成为黄金的斑马线
红绿灯足够精准
为什么还要协警，千年一面
浮出自己的合同之身
老师总是把自己称为本宝宝
她一定偷换了月光的角色
讨厌白板上的蓝色墨迹
它因盗走日光的血性而虚弱不堪
养花工为何长成剪刀之状
仙人掌为什么要出卖落日
我接受的问题，大多数
避实就虚，让送学之路
迂回于迷雾的边缘

海 边

一直奋力追赶的波涛
把我悄悄送回岸边
所有心之向往的异处
到头都是一场轮回
任凭你怀揣多少海水
泪和盐，都必将败给
反向逆进的帆影

风暴一直独处心中
淬炼着空茫的无边青铜
万不得已，它才会
展开刀锋，温情地割除

几乎披着整座大海
承受着，蓝色的双重抚慰
浪花寂寂，眼底的沙子
因为饱尝磨砺和惊悸
潜藏着光芒万丈
夕光中，海螺一开口
它们就摊开命里的柔软

冰箱帖

扼住膨大和朽坏的
除了低温凝冻，还有关闭
把光从逼仄的内室抽走

菜蔬来自遥远乡下
它们可以保存很长时间
得益于原生的泥巴和肥料
还有母亲的汗水和气息

肉类中少了激素和附加的水
便于它们从内部关掉自己
关掉对刀子和盐的向往

似乎，什么都可以往冰箱移植
断了根脉的异乡生活
幽居的无所适从，绝望的深秋
停止追思，断了张望
人生才可以鲜活如初

午夜的响器班

喝了两口烧酒,电就停了
整个乡村的重心,积压到
痛失亲人的灵堂里
油灯撑开地母之口
向外呼着凉气和阴风
压住酒意,留出悲伤

响器班是上上客
哀乐一起,就会有星星穿过夜空
伪装成黑面奇丑的隐形蝙蝠
一点点擦除,凡尘里
寒凉之身尚留的烟火气

曲调沉郁处,灵附于其上
缓慢飞升,一路西东
重涉险阻,南北迂返
觅寻其踪,长明灯剧烈晃动

心怀伤痛,空寂寥
收纳着远近断翅的飞蛾群
这一夜,火光湿重,不宜扑腾

香灰和酒水泡大的米粒
撒而为兵，除尽归途的荆棘

吹鼓手们，在排布背对天空的星辰

祥云中

风吹千年，把高原
吹到逼仄的西南
勒紧航线和高铁
置我们于白云的布袋
西面和南方的山川和峡谷
止住退避之心。扑面而来的
还有碎石和风沙
都堆在神后退的脚印中
只要东边的沧海和北方的荒漠
收紧，我们便藏身于祥云中
向天空，索要无边的深蓝
那些逃到平原和海边的人
每次回来，都会带走一些空明
"从来没有一些白
白到轻易成为蓝的花边"
在彩色的云层中
每个虚度的片刻，都是
高原爆开的花束

水缸中的月亮

石缸弃置檐下
经年的雨水打磨着它
我们反复种下：水草，浮萍
遇水而生的苔藓最盛
比石头和月光不朽

永远不会背叛雨水的
只有缸里的月亮
它不断更新和置换着
剥落缸底的晚霞和乌云

月初植芽，月中得莲蓬
丰实，圆润，口含珠玉
我们分不清月亮和荷花
分不清残香和冷月之光

一片逼仄的、收纳风雨的海面
围于磨光的石壁和乡野苦岁
院中墙角，水缸中的月亮
收纳着黯淡下去的荒野
天边翻涌的蓝色小小风暴

宫　殿

烈日爆开城门
有并排而眠的豌豆公主
锁紧淡黄色的露水之心

打谷场是额外世界
母亲挥洒汗水
入侵者的角色，除了豌豆
她没有更多的粮食

我们保留着干瘪的豌豆花
粉色褪尽，它们是
公主们一生唯一的婚纱裙

有时候，母亲置它们于
漏风的网筛，定期给水
豌豆会炸开自己，举着宫殿
长出小小的人形

晨光微蓝

"闹钟里的小鬼不够凶狠
无法一次就把我拉回岸边"
女儿如是再三辩解
在她五岁的童话世界中
机械的律动或刻录的语音
不过是一堆轻柔的棉絮
因此，我有时要借助狮吼
高声咆哮，应对她的慢慢吞吞
"我感到头顶有张巨大的蛛网
没头没脸地冲我盖了下来"
她一边漱口一边委屈地说
"灯光也不够明亮
它缺少我水晶泥中最爱的蓝"
抹完保湿水，她索性坐了下来
"我的小腿中有太多碎步
它们适合慢慢挪移
除非你把幼儿园搬到楼下院中……"

暴雨中

蚂蚁浮于水面
叼着蚁蛋，陷于汪洋
苦海中，不松口
渡劫大于保命

闪电贴着洪流
为撤往高处的蟑螂群
烧红冰凉的避雷针

有人瑟缩于墙根
捡回的空矿泉水瓶中
锁着透湿的黑云和冷面

不能再催了
飞奔而去的外卖小哥
纵使脚踩雷电
也赶不上城市遽降的凉

杂 草

你见过杂草，它们布满田园
墙根、马路牙子、崖缝
一点点雨水，便迅速蹿出荒芜
如果雨水够多，它们则卧于积水边
静静啃食着，星月之芽
把青蛙凄厉的长鸣洞穿

你见过的茅草，也长于
阳台上的花盆中，种子
来自风声和午夜的闪电

顺着脚手架和塔吊，茅草
飞身而上，结满蒲公英的翅膀
潜在的、隐形的飘荡

我们见过太多杂草
我们叫不出杂草的名字
在遥远乡下，它们枯荣
幻灭，像从未来过人间

环城北路的逆行者

有几次，我们几乎撞在一起
我面向阳光，而他
刚好形成遮蔽，断了
我前进的方向，我猜想
一个惯于打破常规的人
或者，一个即将迟到的倒霉蛋
等待他的，是点名批评
记过、检讨、保证……
想到这些，我们心里
便拥有了对等的慌张
临时工、小职员、替补者……
他拥有不确定的称谓
在一个阳光普照的早晨
战战兢兢，唯唯诺诺
道路如此逼仄，禁令如此严苛
有一刻，我们像彼此知根知底
却各自心怀鬼胎的敌对者
似乎，只有冲撞
同归于尽，才是最好的结局
所幸，我只是一个墨守成规的人
当我们擦肩而过

那些扑面而来的阳光，填满了
露水打湿的空白

怀抱鲜花的老人

农贸市场中的十字交叉口
肉食区和菜蔬区分界处
老人怀抱鲜花，面含春色
冲淡时光刀刻的霜花雪迹
每天准时到达，不设摊
不高声叫卖，芳香随意散开
心怀沃土，缤纷的玫瑰
百合、满天星，从不缺席
长在高原，来自春城花都
鲜花们，包藏隔夜的露水
它们约等于一个老人
光鲜与失意交错的一生
约等于一个水嫩的早晨
和它所属的尘世
核心区的农贸市场
人群密集的速度
肉食区屠戮的进度
等量，同步，暗沟里的血污
改头换面，在老人的怀中
娇艳欲滴，胜过东山顶上
举着霞光火炬的朝阳

风之锈

我们在院子东南角
焚烧大面值纸钱
风从山墙豁口灌进来
压低了呼啸之声
灰圈对应着逝去的亲人
锁住生锈面孔里的时日
在圈定的范围，他们——
领受着恰好的惦念和孝心
一些未燃尽的纸屑腾空而起
吞吐着暗红的火星
撕裂着静默的深蓝
风绕梁而上，坐满了
空出棺木的地方
一部分停驻于玉米表面
好多年了，爷爷离开后
这些囚着昔日黄金的牙齿
再也啃不动柔韧的秋风

父亲的病

养在身体中的虎豹
和他一同老去，同步衰朽
同步闪回和退出
我们渴望，闪电和风暴
依然可以从他微微阻滞的
时好时坏的小脾气中
喷薄而出。一切终要归于平静
不再试图徒手搏击
不再迎头相向，不再轻易胜出
几年下来，就把聊以自慰的筹码
消耗殆尽。我们陪着他
植入一些金属，疏通一些淤塞
换回一堆堆花花绿绿的药片
穿过人海，打在陌生面孔上的阳光
似乎又暗淡了一些
心中有一些小鬼，一把把
往人间挥洒着雪花
让他先白了毛发，白了
回不去的归路和迷途

生日所思

送我到瓦斧雷鸣的人间

希望获得鲜花和蜜糖

懂得赞美和拥戴

我们对半分享

蓝天、清风

矮下去的山水……

而苦难总被隐藏和独占

起于唯恐不及的审慎

孰不知，一开始

就踏上了单程的苦旅

多么悲壮

她惯于以一生的小

填补着这个世界的亏空

我们保持此消彼长的对立

本意并非如此

骨血苍茂

正把她一点点

拉向尘埃之根

中年之光

开始允许眼中长满荒草和荆棘
放下刀斧，停止杀伐
允许石头板着永恒的冷面
留出身后的悬崖
允许落日把江水点燃
鱼骨藏身沸腾的波涛

不和秋风争抢荒原的空阔
不为谎言擦洗锈钝的锋刃
定期抽出弯曲的骨头
晒一晒，涂染三月的阳光

必须适应退守和屈从
至少可以免除对抗和伤害
能交出的就毫无保留地交出吧
包括心中的疼痛和命里的忧伤

盆栽记

泥巴来自乡下，母亲的劳顿
反复沤，来自废弃物
松针、草叶、蝴蝶的残尸
来自排泄、翻耕、掩埋
随便撒一粒种子
都会长成葳蕤和蓊郁
足以养活败柳和枯松
我们习惯性植些藤蔓
常绿，终年不枯朽
胡乱披垂在秋冬的萧瑟上
佐以茶渣、烂菜帮
仿若我们寄存在另一个天地
远离浮世的烟火
过于浓密，反复齐根剪除
一点点，从它们体内
取走不堪耗损的地力
仿佛苍白轮回的枯时光
一天天，抠出我心中的坚韧
忍耐和不甘

我们的父亲

他们集体老去
一天天挨近黄土
秋天的茅草
一片片倒伏下去
肚皮紧贴大地
最后的飞翔力不从心

他们在石头中散步
我们的车马一天天远离
运回烧荒的草木灰
梦想着养肥父亲们
比五月更高更大

我们的父亲在慢慢变小
小成一个割伤大地的暗影
寄身尘埃，泥巴的房子
流水东去，洗不白
他们堪比黄连的苦命

我们的父亲
有时是皮鞭下的黄牛

有时是山谷里的清风
有时是我们肉中的刺
给我们再多的泪水
也填不满空阔的人间

无尽藏

柿子熟透了，深冬
它们是乡村的主人
年年丰硕，留一些在树上
给鸟，鸟留一些在树上给神
神留一些在树上给明月清风

在遥远的乡下，柿子们
不让雪花收走一切
火红的，散开的
钉在秃枝上的
不让苦寒的冬天锈住

风在遮掩，草在覆盖
大地在收回，只有柿子
把趋于平静的怒，拱手交出

黄昏过油管桥

骑行，自东向西
日光穿过圆通山顶树丛
斜打过来，满面黄昏

盘龙江把春城一分两半
河水清浅，像忘川
托起高原的明镜

幽暗从小菜园立交桥面
慢慢遮过来，人们说
这一带向来阴湿，晦气滞重

河西侧，铜锈锁夕光
市殡仪馆油管桥服务站
每个字对应着一些散落的魂魄

恍惚中，差点撞上烤红薯的大爷
他把烤熟的红薯取出炉膛
人影疏落的黄昏，又暗了一些

第三辑

荡　漾

一些花

一些花独占高枝
一些花低到尘埃

一些花划过刀锋时
磨亮了内心的柔软

一些花撑起整个冬天
细数着潜在的雪意

一些花崛起，一些花失落
崛起时比失落更冰凉

一些花空有花的容颜
心中刀斧无比锋锐

在迎面的践踏中撒一些花
装点践踏者泥污的铁鞋

一些花浓烈，一些花细碎
一些花聚在一起是腐烂的乌云

打铁铺

把铸铁片铺满水面
怒涛滚落，锻打
水波漾动，磨

有时打掉暗红铁锈
有时磨掉淹没之心

把刀口的战栗交给铁
把溃决的呼吸还给水

山　谷

茅草合围，悬崖相向而生
石头的钝部抵住蓝的碎屑
白云的斜坡上，雨水
洗亮了铁线草和枯树枝

河水出走，卵石裂开
闪电击伤的斜面上
有童年和盲鱼的化石片

追赶水，是祖祖辈辈
苦痛的记忆。追赶光阴
是游子重回哑默山谷
唯一的绝路或通途

老鹰缝合着山谷
山谷缝合着大地之疼
大地缝合着静默的背离之心

假想敌

经过夏秋的雨水

山地土质疏松

斜着锄头开掘

他总是误将土豆切开

有时一劈几块。每个土豆

都是饱受大地诅咒的肿瘤

或者，锄头的铁质中

有人下了要命的蛊

逼迫他，放弃贫瘠的故土

寄身远方。一年总该回来几次

土豆抽芽，沿墙缝蔓开

"能够借自己身体疯长的

心中一定有潜在的毒"

他劈斩、躲、拍击

让土豆稀烂如泥

熬进牲畜的口腹之欲

每一次凶狠的杀伐

都把心底无端的惶惑

减损一些，冲淡一些

逝

隔壁的打桩机彻夜喧响
一节节，取出大地的髓汁

等同于不安被文字抽空
不用多久，午夜就要塌陷

钢筋和混凝土，把热风湿
生生贴在冷硬的人间

稻田、菜蔬、荒草，消失于
一张高清规划设计图

孩子的梦呓悬空着
百尺高台，起于垒土

洲际酒店、商业中心、夜总会
起于人烟的通风口，俗世的透气处

老 去

多番辗转，搬到第 23 大街
透过行道树稀疏的枝叶
你阳台上挂着的浅紫色风铃
吹送着，昔日盛夏

防护栏上的向日葵
假面含羞，仿真的拥簇
围聚着昏黄的孤苦

风霜堆起来，占据了
眉间的窃喜和隐笑
你日日出没的第 23 大街
成了一世清浅的河汉

车流声推送着洗发水的旧香
一些悲叹逸散在风中
多么像失去方向的落叶和旧笺

霜　迹

住在山中，午夜
气温骤降，北风怀揣刀子
从山巅劈斩下来
夹带落叶和茅草之灰

盘山路边的小旅馆
形单、简陋、食宿一体
墙外有野菜和杂草
顺势蔓长，不计死生

夜寒凉，北风施展分身术
冷硬部分，结为霜迹
压住大地拱起的白骨
幽凉部分，透过窗隙
一点点填满骨缝，安抚着
心底不安的寄世之悲

声　色

站在初春的野地里
天空高远，山乡宁静
刚摘的野菜堆在脚边
我独爱它们经霜的部分
拥有长久对抗岁月的筋骨
十步开外，有旧土垒起新坟
新栽的坟头草
接通了大地的精气
草芽就要撑开墓石

微风乍起，似乎
源自轻轻裂开的骨缝
带着心底积存的雪意
草色开始漫过肌肤
一具肉体凡胎
一座形而上的土堆
把又一个春日
向前微微推进了半分

光　影

谷穗丰实低垂
逸散黄金的粉末

沿着稻粒的铁轨
水面青光接通空阔蔚蓝

晚风的高速路上
铺满日光褪色的流脂

蚱蜢收集镰刀的锋刃
抵抗深黄肉体的爆开

落日击入静水的崖面
甲虫的粮仓里锁着天光云影

从一粒米的反面俯瞰人间
黄昏阔大，日月苍茫

雪　中

登上山顶后，雪
横向撕开自己
由颗粒过渡到羽状
冷而冽，薄而凉

山河失色，人间绵软
不断堆叠的雪花
拥有六角形的迫近和挤压

只有淡下去的浓云
沉浮于白茫茫的淹没

光影迷踪，声色迷踪
刺痛的眼底
空泛和虚浮迷踪

雪花紧握北风的刀子
削割自己，骨屑纷飞

有一些白色人形的空洞
越积越深，大过了
人世最后的苍凉

蓝的一小部分

铺在山坡上的一小片蓝
让重回山间的夏日
软软的，垂在麦子芒上

索要雨水的时候
母亲从香灰里揭开天空
只取最单薄的一块云片

面对歉收，枯死之年
蓝是疼痛的一小部分
举着锈蚀的钝刀子

老鹰的晴日，蝙蝠的午夜
嗜血者的浩大之心
印满蓝色星辰和积雨云

切除的胃是蓝的一小部分
装满人间苦厄的时候
它疼痛，让出多余的猩红

暴雨夜，噩梦缠身

雷电破解了防卫之深眠
小鬼们便随雨水轮番涌入

困我于方寸斗室的
是青藤，是蛛网

是植根于冥府，吞吐着
火舌与毒信子的水妖

向来惯于盲目奔逃
这一次，我逃回灰暗与幽冥

有花样的头颅和皮囊
开成铰链之状

我是我自己的悬崖和深渊
我直面自己的烽火和弹洞

一心梦想出走的人
冷脸贴崖面，别无归处

阳台上的花

窗外，暴雨如注
闪电击伤的雨水，落地时
更轻一些，若阳台上的花
有无皆可，不计死生
浊气被挡在窗外，一如
多梦滞重的深眠

我疏于打理的阳台之花
皆为花中君子，它们
不因雨水和雷声
想念意乱情迷的人世

透过纱窗的雨丝，不足以
告慰囚圃的悲欣

近在眼前之物，互为远方
比如阳台花和窗外雨
比如眼角闪电和胸中闷雷
比如缺水的花盆中
君子之花和戚戚茅草

在某虹鳟鱼养殖基地

沿着刀锋的走向
它们长出鲜嫩优质的肉
交给劈斩和切割

群居，集体主义
因此，总是拱手让出
双倍的杀伐和口福

师傅们争相炫技
以其力道精准的绝活
尽量薄，命比纸薄

池水清浅，网格状
禁其身，夺其命
剔其骨，曝其尸

细密的纹理，迎合
老抽、陈醋、芥末。有时
我们生吞活剥掉的，正是我们自己

金钥匙

风筝越升越高
成蓝天的一颗黑斑
他顿生撒手之念
让这把镀金的钥匙
替他打开天空

总该带去些什么
每次放它升空
假装满载老年病
独身的凄凉，归去的随身物
阳光返照回来，带着过气晚景

他反复制作风筝
镀上金，就把往日
一点点埋掉，每次
打开一点点天空
总有一些星辰，状若土堆

需要交还天空的，还有
一生的磊落，寄身的尘埃
他开始狂奔，轻盈起来

心中的山水还给大地
留给动荡的落日和晚风

西去大理

日月会有穷时
山水总有尽处

西去大理，终点
是阑珊的帝气侠情

道不完的江湖恩怨
止于洱海的一朵浪花

围着一壶破碎的夕光
杯中自有风花雪月

鱼虾温婉，蛟龙驯顺
心底有可以退出的江山

我们不谈路远途艰
我们拥有一壶春色

过敏原

酒精，花粉，尘埃
紫外线，谩骂，冷眼
两点三十分的钟声
日光中的灰暗
乌云表面的清白
红色素中淡淡的微蓝
平静暖风里暗藏的风暴
暗红血光上氤氲的美学

甚至开始对自己过敏
面对卑贱的故作冷漠
寒光逼迫下的言不由衷

真理和正义赐我一身红斑
手握鲜花和火焰
一个索要掌声
一个指向毁灭

奇痒是初步衰朽
想就此溃烂下去
留下白骨，给野花和闪电

顽石之心

推着它上山，看着它滑落
往返中，反复沾惹
风霜和烟火，山坡
硬起来，顽石软下去

打开顽石的方式
无非是，取其冷硬之心
取出锁住的蛮荒

沿着它的纹路
依序罗列名姓
石头的冷面，沾着月光
不朽之人，温着白骨之火

囚在顽石中的鱼骨和花木
隔着一整个人间，照耀着
人世无边的荒寒

流　水

沿着晨跑的河道
流水迂回向下
裹挟着落花和老人

对岸日光中
黄金的丝缕，拆解着
白发丛中的刀斧手

他就职的牛菜馆门前
拆分完成的牛肉和肋骨
渗出了青草味和憨厚劲

牛眼如钟，洞见
泪水和血污里
温温吞吞的慢脾性

起于刀锋的又一天
落花和流水
拥有双倍的慈悲心

虫　鸣

夏天蓄足了雨势
寄身暗处，虫子合唱团
和遍生的剑叶草
展开了拉锯之战

虫鸣之声涌溢
把积水从池塘底部拉上来
暮色低湿，暗夜无边

集体主义的虫鸣
一有水光，它们就会
把零星的萤火压下去

留下院子里唯一的一只
唧唧复唧唧
叫醒了皮鞭上的霉斑
废弃犁铧上的铁锈

昙华寺的酸木瓜

它们集体拒绝甜和苦
选择折中的酸
略微冷硬，带刺
双重的自我防备
勾人味蕾，像寄居的穷书生
不愿交出内心的酸腐

剖面青黄，酸涩
是打开雨后下午的最佳方式
不会拖泥带水
不会给灰云留下淤青和惊悸

隔墙的香灰炙烤着
粉面的犹疑、不安
许愿池中，铜铸的神龟
惯于躲过金币的刀锋
有人要避退，有人要浮出

戏 莲

青蛙在荷叶上打坐
面对荷花，粉色的小小佛塔
紧锁着苦涩和清凉

水珠起落，再卑微的心
都指向原香，明澈，节节空茫

猜不透的莲子之心
微甜是唯一的诱惑

为什么要遮蔽
为什么要娇羞
为什么要隔水空喊

除了祛热防躁的清苦
还有污泥中的丝线
牵挂，却不会困你在身边

高速机场旁的野花

野花集体占领高速旁的矮小山冈
八十迈，种子撕开自己的速度
花瓣凋萎零落的速度
无数降落伞从乌云中垂坠的速度

高速路从正中劈开，力道精准
一个迅速腐烂的金色芒果
一分两半，适合野花横向缝合
面色苍茫的浩大黄昏

除去拥堵，偶尔的延误
野花准点降落，它们占领的斜坡
足够我们举手接住
经年的雪花和雨水

我们无以割除的野花
它们是灰暗面孔的一部分
在高速收费站入口，收走我们
如影随形的不明违禁品

野花的山冈

尘埃，牛粪，蝶影
飞鸟的断翅
死去的雨水和乌云
都在一点点拔高山冈

羊群蹄花中的草芽
大风送来的空降兵
植骨山冈，抱团向上

落日拥有越来越高的心悸
无法消止的不安分

只有嗜血的镰刀
渴死在通往雨水的路上
它割开的惨白山水
只剩野花艳如血滴

夜　光

夜色从八毛钱的冰镇可乐中升起
一半腐烂，一半鲜香如初

打折的月光止于锈蚀的晾衣架
它暗中掀起的风暴潜入落满灰尘的干花

骨头和卤料堆满仿真的大理石桌面
色味尽失，有无酒意，相谈不无忧伤

悬挂重物的水泥钉向内回收着锋芒
从明天起，要以微笑拥菜蔬入厨

少油盐，少生杀予夺，不燃烛光
让蚊蚋逃离玻璃的悬崖，焰火的坟墓

细水终要长流，院子里警笛呼啸
始终相信，夜色该温柔，罪恶会减弱

拯救石头

从悬崖上剥离下来
随风飘摇，犹疑不定
落花轻易偷走石头之心

流水洗白的部分
印满鱼骨，剖面的陷阱
囚着光阴的灰烬

石头撞碎的蛋黄中
尚未长成的纯金太阳
信守约定，拒绝出卖悬崖

云是石头排满天空的黑耳朵
比石头本身值得信赖
不愿盗取秘密中的深蓝

火光中，石头软了下来
要喷撒更多的鱼骨之粉
包裹石头，给它们尖刺和冷硬

黑鸟群

在山梁上清除荒秽
一年多，泥土泛黑
茅草及腰，亲人的腐骨
托体同山，滋肥草木
不许生火，就多几次跪拜
站着，不比荒草更高
跪下，不比大地更沉

黑鸟群遮断天空的时候
我们垂头拂掸墓石上的尘垢
碑上字迹开始漫漶
几代人的悲伤黑硬如生铁

黑鸟群盖过山梁
有时竖起来，黑色的悬崖
有时合过来，置我们于黑色布袋
一年了，余下的悲痛
要让它露出来，迎面黑鸟群
接受黑色潮汐的翻洗

荷

本意为求得清欢
一婀娜，招来喧嚣

年年不忘的荷，风荷
雨荷，微风洗面
清水净身，水的魂魄

拥有清苦之心
荷想要逃离的幻境
正是我们承受刀斧的人间

没有风抚雨弄
荷是一沓叠印的拓片
要有蜜蜂和游鱼
报得晚来风急，雨至西山

多年后找到的荷，已为人妇
褪下泥水，像一阵风

星　空

看不见的流水和尘埃
在高处，照耀着我们

星空收容着流散物
蚂蚁的诅咒，蜜蜂的小报告

一些隐形的耳朵
出卖着闪电和雷声

我们寄存的雨水，落下来
擦洗着人间的锈和污垢

雷暴垂直击入大地
拔除晦暗阴湿的部分

水汽和烟火一直向上
一寸一寸，抬高天空

窗　前

香樟树一直向上
这个春天，它长到四楼
送来了泥水之气
和鸟窝。昔日疾风
轻盈了一些

嫩叶把阳光打回来
点亮背光的起居室，败坏了
晨读《枯枝败叶》的小情绪

春花宁静，笔下的尘埃
结成雪花和云片
写下"午后春安"的时候
除草剂的恶臭飘了上来

鸟窝遮住的部分
茅草和春风，更绿一些

山色空蒙

心中有座越不过的山冈

长满野花和骨头

在山顶，白云安插露水

和无足轻重的亏心事

茅草遍生的地方

想种一些牛羊

让阳光尽量压到最低

不放弃大风中飘摇的尘埃

不是所有石头都会长成悬崖

有些细碎的流水

终究会流成天边的暮晚

秋风灰暗，山色空蒙

一个逃到大地尽头的人

当他面向山冈

人间就陷入苍茫

推着落日上山

沿着西坡向上
依次是麦地、荆棘
乱坟冈、石头森林

麦芒、尖刺、纸幡、锐石
都会挑破熟透的落日

要推着它上山
裹挟它，以一把烟霞

它在人间沾满烟火的样子
像一只蜜汁撑大肚腹的蜂王

相较于推着石头上山
需要一些犹疑和抽离

推着落日上山，送它
回到悬崖和江水的背面
回到瓷器和青铜的灰烬中

三分之二的雪意

大雪纷飞，我只拥有
三分之二的雪意
压住内心的苍茫，要撑住
一点点倾斜下去的荒野

雪花大过河山
它表里如一，包裹住
简单，纯粹，一根筋

从世界的西郊开始
冬天撤回的风雪
向南一步步紧逼
我两手荒旷，满心空茫

三分之二的雪意
铺成稻草上的悬崖
我借住在悬崖的腰部

去远方

着蒲公英的衣裳

去看你，要穿过黄泥小路

要有风，扬起落叶和酒意

不会遇到熟识的人

他们大多奔赴疆场

或贬谪远地。只有失意客

流连于名利场和花街柳巷

郁郁不可终日

要把春意换成酒钱

车马劳顿，见到你

早已满面秋风。添灯油

续霜雪，莫言朝堂事

若有多余时日

可以种竹、养松

植一塘荷，听夜雨新声

深　处

深处适合打捞
比如海底、峡谷、深渊
有鱼和石头的尸骨
潜在的崩塌或淹没

容易流于浅表
拒绝纵深向下

更深的深处在镜中
我们所见的雪花和落日
隔着浮世的烟火
开在心的另一面

在镜中反复开掘
可以徒手取得的
不止经年的对视无语
不止扑面的微凉和寒光

夜高速

它带着暗夜破碎的流光

浩浩荡荡，一路穿过脑回沟

截取拥堵的一段

人世的穿肠毒药，治愈

先天贫血和心肺阻滞

它贯穿的高地和丘陵，对应着

凌晨的胸闷和偏头痛

惯于从充满汗臭和脚气的车厢中

虚构出小人物

和他们躲避不及的奔逃

而夜高速，丝毫不能减缓

指向不明的背叛和诱拐

每过一个出口

都会记下一个地名

要相信，把我们偷偷送往异乡的

正是幽闭的另一个自己

他不过希望我们历经劫难

褪掉荒草或落日的肉身

回到尘埃中，和他重聚

油灯下

停电了，我们重新点起油灯
把人形的暗夜之魂挑到光焰之上
那是必须供奉的圣灵
它轻轻转动手中的珠子
世界便过渡到烟火的一面

它告慰着人世的清苦
让惯于摸黑赶路的夜行人
免于陷落和冲撞

相较于电流和光之热
我们更倾心一盏提取的油灯
它具体、客观、此在
拥有横向的淹没、纵深的焚毁

甚至，我们要不断添续
反复挑掉棉质灯花的过程
听从咝咝的吸纳之声
手、眼、耳、鼻、意、心并用
方知，光明绝非拱手而得

捉影子

"它们躺在冰冷的水泥地上
骨头都快要凉透了"
刚出幼稚园大门
孩子们张开十指，开始捉影子
井盖上的，路沿上的
短墙上的，电杆上的……
全不放过，似乎
每个人怀中都有只阔大无边的布袋
"为什么，每样东西都喜欢亮出背面
把毫无意义那一面交给阳光"
开阔处，他们奔着我冲了过来
"我要抓你的腿"
"我要捉你的衣襟"
"我要用拇指堵你的鼻孔"
"我要把你的额头踩出汗粒"
"我要用脚跟钉住你的头部
让你毫无动弹之力"
我摇摆着，假装
抽身离去的魂魄
弥合着孩子们被撕裂的好奇心
假装，自己就是那一阵空穴来风
吹散笼罩着童心的阴翳

没有谁比蓝更深谙沉默之苦

不能说红，不能道白
尽管红和白正覆盖着它
有时融入它的骨血
甚至不能说铅灰或乌黑
世界的本源之色

我们拥有的所有蓝
它拒绝说出偏爱和恩宠
拒绝分享半个字的静默

蓝是坠入阔大水面的淡然
或是飘在高处的遮蔽

在蓝色的孤独世界中
和平和暴乱制造者
拥有对等的从容和惶恐
蓝熟知通向明天的凄迷之路
但它从来都不会说出

我住在蓝色风暴中心

窗开四壁，有蓝色风暴在席卷
多么暧昧，我还可以惶恐地爱你
像刀口的海鱼爱着溃散的波涛
像冷下来的焰火爱着飞溅的铁屑
我可以捂紧春风的疼痛不说
直到雨点剪开飘落的深蓝
我可以枕着蓝色的星空度过荒年
度过你悲愁万古的人间岁月
天空足够高远，有蓝色帆影坠下
有蓝色礁石挡住流光的溃逃
哦，那些奔走于星辰间的狂潮
会抚平我们身后不见底的忧郁
在蓝色风暴中心，流水和清风
灯光和烟火，温暖和平静
会持续到最后的暮色降临

空 茫

秋风一起
茅草就退回牛羊胃中
留下牧鞭的叫嚣
镰刀的惊愕
空山浮起
暮色和江水沉下去
所有地面的附着物
都退到冰面以下
冷月撞响山崖
我们借躲藏和溃逃暖身
途经高空的时候
看到人流
如突然收起翅膀的潮水
从一开始，我们就欠人世
一个温暖的拥抱
空口无凭啊
那些对抗冬天的骨头
正一节节坍塌而下
除了不多的麦草
大地空手而归，只剩下
从我们身体的风箱中
不断吹送出的空茫

明月夜

月光洗白的胃中山丘突起
大地的丰收如水光漫漶
天河口有揉碎的白骨纷纷而下
桃花打落的四季隐匿山中

乌云点点，桂树下
月亮是一只金钱豹
奔突左右，撞响山崖

我拥有对抗晨光的空阔
必须借一块石头
锁住梦的小小精灵
这时候有浪花磨亮了复仇之剑
鸦巢是通往明亮时光的墓门

磨刀石

光芒藏在铁实的肉中
不到迫不得已，它不会
交出冷硬，旷世的孤独
需要雨水和雪花，一点点
消解心中的戾气。赋予刀子
当机立断，铁面无私
和我消磨的旧时光，终敌不过
慢下来的对抗，不断加速的妥协

川 上

深谙时间之道的
不止流水、智者、哲人
起伏的河堤上
清风放缓，卵石慵倦
桃花也羞羞地开着
随遇而安的流浪狗
泰然打坐，收起长舌
慢慢过完这一天

相比之下，蝌蚪和石头鱼
倍加仓促惶恐，似乎
我们不断扩张的胃口
拥有无穷的吸力，弹簧般
疯狂打开它们的身体

山崖多么悲壮，千年一面
它是岁月轮回的见证者
河川上游，反复更换的花草
绿化树、石板、路灯……
裹挟着死去的光阴
随流而下，江水的冷面中
是被无端一再偷换的人间

白石垭口之夜

深冬，月亮容易卡在山垭口
大风一吹，就会有一些白霜
冒出头来，堵住茅草的退路

所有石头挤出心里的硬和黑
以证清白，多么壮观
一座山，肩披白发
心怀露水，以柔弱
对抗我们手中的刀斧

每个脚窝，都可盛一碗月光
在白石垭口，夜色通透
照彻我们眼底的空阔

我不会让心中的枯叶落下来
不会让石头写满老鹰和乌鸦
不会让月光洗白的额头
竖起笔直的寒凉和陡峭

雾锁重山

我有时在明处，有时在暗里
像你心中的雨水，或长灯

横在中间的暧昧
涂满山冈和枯木

有时天空铺满羽毛
有时心里落满霜花

我们之间有白色的破壁
海水落下，星光浮起

阻住天堂入口的
是永远向下的尘埃

山下有鸡鸣声雷动如山洪
喊不醒山顶的晨光，隔夜的浅睡

空　阔

阳光被黑伞收割
茅草被秋风收割
哪一种，更解心头之恨

哪一种，更接近空无
更容易迫使你放弃
更适合一生放逐自己

高处的石头高出飞翔
远处的旷野超出远方

心中有虚拟的山水和草木
身无长物，两手空空
无以画地为牢

不行，就筑土为庙堂
清风旺盛，磨石为字
敲骨的梵音，空阔无涯

雾 中

这才是日常的原本
它虚幻、冷冽
却温情地笼着你

它害怕你身上的锋刃
又在你心中打磨着顽石

取出硫黄，熔岩
向阳的粗粝崖面
爆破的震响，火山灰

它心怀泥沙，决意溃败
与日光不同在，羞于敞开

借道江峡，雪花之身
石头之心，它让你穿过危崖时
不惧来路，不畏归途

寂　静

你一向厌倦的车马声
我已拒之于纸张之外
文字的木鱼之声
恰好装满你空出的肉身

你向往已久的山林
我已为你植好
只有青瓦和烛台
正由雪花的骨头打磨着

我想我还要种些晚荷
晴天，叶可供我们打坐
雨中，莲子就是我们的念珠

低头看云

惯于摸黑到山顶云端
向几亩山地索要口粮
种下的五叶瓜垂到江面
结满银耳坠和娃娃鱼

干旱的时候我们要背水上山
搭上白云的车马
悬崖中打坐，默念石头经文

雨水等在天边
它们割伤的黄昏阔大无边
装不下羞答答的春汛

假装是万类之王
驾着尘埃到山顶
草木为家，或寄身蝉蜕
低头看云，流水在人间
搬走太多的芬芳和绿意

心是最后的退守之地
它容不下太多的空白和荒芜

晚来风急

窗外万木尽枯
内心从未如此阔大
昔日向岁月交出的
全部被晚风推送回来

流水之声止于浅梦
多么庆幸，还拥有
一盏晃荡的残灯
照亮落花的归途

隔夜翻涌的酒意
从未放弃打磨铁实的寒凉
我们彼此隔着一层单衣
咫尺天涯的冷暖

风越来越急
除了锈迹斑斑的旧时日
它还要一并送回
早已零落成灰的不安

雨中山寺

暴雨不止
摧开浮云的莲花
蚂蚁在香案上打坐
雨水冲走了
香灰质地的城堡
寺门外的人间
一点点软了下来

起于土丘，止于青瓦
再往上是空明的退守之心
垂到山墙的蜂巢
是通往烟火唯一的路

做一个无所事事的人
洞穿木鱼之声
香雾缭绕
开成隔世的桃花
泥巴堆起的庙堂
钟声洗白的尘埃

红房子

红房子里
住着大灰狼和外婆
一个生火，一个做饭
一个是番茄，一个是鸡蛋
我们沿着炊烟的小路
从红烟囱里爬进来
取走拨浪鼓和碰碰车

山坡上的红房子
住着松鼠和白云
我们放学回家的书包里
装满纸船和浪花
白蘑菇的三等舱里
月亮公主在演算着
逆水行舟的算术题

红房子在槐树顶部
月光温暖的怀里
洪水从天上涌来
止于红瓦和雪花
穿过沙漠的驼队

也穿过暮色中的红房子

穿过红房子的人

披着大灰狼和外婆的皮大氅

月光曲

月光下，大地的骨头软了下来
我们枕着的清风
送我们到天宫入口

你爱过月光的流水
你一生往返于天空和大地
穿着月色缝织的花衣裳

月光下有光辉的爱情
你爱过流水带不走的卵石
月光反复打磨的穿衣镜

你的爱情停在童年的草垛
那时的暖风醉人
那时的月光温暖

那时你羞红的心结里
洁白的月牙还打着朵儿
月光未老，家园如旧

你反复讲着天宫的奇闻

从高处俯瞰人间
大地是一个嵌满花纹的水泡

我们在月光中风尘仆仆
心中的隐秘不可告人
那时人世未见沧桑